Garçonete submissa (Interracial)

Coleção Dominação Erótica

Erika Sanders

ERIKA SANDERS

Garçonete submissa
(Interracial)

Erika Sanders
Serie
Coleção Dominação Erótica

Sinopse

Julieta é uma afro-mexicana que trabalha como empregada doméstica em um motel de classe baixa em que a gerente usa um vestido decotado com salto sem sutiã e uma tanga como uniforme dos funcionários.

Um cliente idoso está hospedado no motel, o Sr. Sánchez, que se autodenomina o "Padrinho" da jovem....

Ao chegar ao motel, Julieta percebe que o café da manhã do senhor Sánchez foi preparado para ser levado para seu quarto ...

Garçonete submissa é um romance com forte conteúdo erótico de BDSM e, por sua vez, um novo romance pertencente à coleção Erotic Domination, uma série de romances com alto conteúdo de BDSM romântico e erótic.

(Todos os personagens têm 18 anos ou mais)

Nota sobre a autora

Erika Sanders é uma escritora conhecida internacionalmente, traduzida para mais de vinte línguas, que assina os seus escritos mais eróticos, longe da sua prosa habitual, com o seu nome de solteira.

Índice

GARÇONETE SUBMISSA
ERIKA SANDERS

Julieta chegou ao motel " Corazones Solitarios ", bem a tempo, para fazer o turno da manhã.

Ela era uma das empregadas domésticas do motel e uma de suas principais tarefas era entregar o café da manhã aos clientes às oito horas da manhã.

Claro, ela também tinha que tirar o pó e arrumar os quartos, mas isso poderia esperar até o meio-dia, quando o resto das criadas apareceriam.

"Corazones Solitarios" estava localizado 150 quilômetros ao norte da Cidade do México, próximo à rodovia nacional A9.

Consistia em uma pequena área de estacionamento; uma piscina de tamanho médio; um prédio principal, que abrigava diversas dependências além do escritório do gerente; e duas alas com dez quartos cada.

Cada quarto tinha um pequeno banheiro, TV a cabo e ar-condicionado.

Se comparássemos seus preços com os de hotéis e motéis locais, com certeza encontraríamos uma diferença significativa, sendo " Corazones Solitarios" o mais barato.

Portanto, tinha sido e era o refúgio de muitas pessoas, que tinham pouco dinheiro e não queriam pagar muito para alugar um apartamento, mas queriam passar algumas temporadas morando em um hotel.

Julieta era uma latina de descendência afro-mexicana de 20 anos.

Seu pai era um marinheiro negro americano, que passava a maior parte do tempo viajando ao redor do mundo, e sua mãe era mexicana e dedicada ao marido e à filha.

Ela não tinha mais de um metro e meio de altura, mas sua figura era bastante simétrica e curvilínea.

Cabelo preto encaracolado na altura dos ombros emoldurava seu rosto oval, enquanto seus exóticos olhos oblíquos eram negros com os cílios naturais mais longos que alguém poderia imaginar.

Seu nariz era fino e delicado, com narinas grandes e largas, herdadas de seu pai, que revelavam uma natureza bastante insaciável, dedicada aos prazeres carnais eternos.

Duas fileiras perfeitas de dentes brancos e brilhantes adornavam sua boquinha como colares de pérolas, e seus lábios carnudos vermelho-escuros imploravam, como sereias homéricas, para serem mordidos brutalmente.

Sua pele era escura e seu corpo esguio era realmente incrível.

Ele era dotado de uma cintura muito fina em forma de anel.

Com fortes seios latejantes e simétricos a 95C, coroados por grandes aréolas pretas e mamilos marrons exuberantes que se destacavam continuamente.

E quadris largos, capazes de conter heróis de uma época épica.

Sua bunda era grande, redonda e um pouco rechonchuda, ela deveria ter perdido pelo menos sete quilos, mas ela estava firme e tonificada ao máximo.

Suas coxas eram curvas e suculentas e suas panturrilhas bem torneadas e bastante rijas.

Julieta foi direto para o vestiário feminino e tirou a camiseta e a calça jeans.

Ela desabotoou e tirou o sutiã, liberando seus seios voluptuosos, e tirou a calcinha branca.

Abrindo seu armário, ela escolheu uma tanga de cetim vermelho, que ela imediatamente colocou, e um par de sapatos de salto alto branco junto com sua roupa de empregada - a gerência estava muito interessada no tópico que todas as empregadas deveriam usar tangas, saltos alto, branco e sem sutiã.

Julieta vestiu o traje, ajeitou o avental branco nos ombros e na cintura, calçou salto alto e foi direto para a cozinha.

Em uma grande mesa, ele encontrou uma bandeja com o café da manhã típico de motel e um jornal financeiro.

Um pequeno livro branco indicava seu destino: Sala A4, Sr. Sánchez.

Sánchez era um homem branco grisalho de 58 anos, recentemente divorciado, cuja esposa o expulsou de sua casa porque ele nunca parecia ganhar dinheiro suficiente para sustentar suas vidas.

Ele era uma pessoa muito gentil e gentil, e Juliet sempre se perguntou se o motivo acima mencionado era o único motivo para sua esposa deixá-lo.

Ele trabalhava como vendedor para uma seguradora e nunca atrasava seus pagamentos, embora suas roupas fossem baratas e seu carro fosse um modelo de vinte anos.

O Sr. Sánchez tinha cento e oitenta anos e uma construção sólida desde os anos que passou como operário de construção na juventude.

Seu rosto estava queimado de sol e ligeiramente enrugado, mas ele era muito bonito.

Ele era um pouco gordo na barriga, mas as mãos e as pernas eram musculosas o suficiente.

Julieta sempre teve pena dele e nunca protestou quando ele disse zombeteiramente "era padrinho dela".

Ele realmente amou o som disso!

Julieta: "Senhor Sánchez, é a Julieta. Pode abrir a porta? Trouxe o café da manhã."

Sr. Sánchez: "Espere aí Julieta. Acabei de sair do banho. Dê-me um minuto para colocar o robe e abro a porta ... Entre, querida."

Juliet: "Obrigada, senhor."

Ao entrar na sala, Julieta notou que o Sr. Sánchez vestia um robe curto entreaberto que mal cobria suas coxas.

A visão de seu peito largo e peludo e pernas musculosas e musculosas enviou tremores doces e persistentes por sua espinha.

Ela corou e depois de respirar fundo, passou a ponta da língua pelo lábio superior, recolhendo as gotas de suor que haviam se acumulado ali.

Julieta: "Onde devo deixar a bandeja, senhor Sánchez?"

Sr. Sánchez: "Deixa eu levar o jornal ... Pode deixar a bandeja aí ... Na mesinha ..."

Julieta se virou e aproximou-se da mesa, certificando-se de movimentar os quadris da forma mais rítmica e sexual possível.

Ele sabia que poderia deixar a bandeja ali, apenas dobrando um pouco os joelhos e abaixando o corpo verticalmente, mas escolheu a outra opção.

Primeiro ela chegou muito perto da mesa e depois começou a se inclinar, expondo sua bunda para o Sr. Steven muito lentamente.

O tecido de sua mini roupa começou a subir, descobrindo centímetro por centímetro: primeiro a parte de trás das coxas, depois a virilha junto com as pontas das nádegas e, finalmente, a tanga vermelha que estava enterrada entre as nádegas rechonchudas e trêmulas.

Como se não bastasse, ela ficou nessa posição por um bom tempo, movendo o bumbum da esquerda para a direita, fingindo estar limpando o tampo da mesa com um guardanapo branco.

O senhor Sánchez já havia se sentado em uma cadeira, tentando ler seu jornal, quando notou os movimentos travessos de Julieta.

Sua boca se abriu e, em seguida, um enorme sorriso imediatamente apareceu em seu rosto.

Ele rolou o jornal e bateu na bunda de Juliet com muita delicadeza.

Julict se contorceu um pouco como se tivesse sido pega de surpresa e se virou, endireitando a saia nervosamente.

Julieta: "Ohhh! Sr. Sánchez!"

Sr. Sanchez: "Garota safada! Você não deve fazer isso quando o seu 'padrinho' está aqui. Você não sabe que é perigoso brincar com fogo?"

Julieta: "O que o 'Padrinho' fez? Eu sou uma boa menina. Procuro sempre me comportar."

Sr. Sánchez: "Você não deve exibir sua bundinha e especialmente na frente de seu 'padrinho'. Onde estão suas maneiras? Você esqueceu onde está? Talvez você precise de uma lição. Você realmente precisa de disciplina."

Juliet: "Oh não, 'padrinho'! Por favor, não me machuque. Eu não queria te mostrar minha bunda, foi um acidente. Por favor, me perdoe 'padrinho'! Não machuque minha bundinha. Não!"

Sr. Sánchez: "Você precisa de uma boa surra! É isso que eu tenho a dizer. Você sabe, as regras da casa são muito rígidas e você tem que pagar por isso. Não posso deixar isso acontecer de novo. Venha aqui!"

Julieta riu e foi até o Sr. Sánchez, balançando seus lindos quadris como uma top model profissional.

O Sr. Sánchez ordenou que ela se deitasse em seu colo.

Juliet ficou ali, apertando seus seios volumosos, o esquerdo na coxa esquerda e o direito na barriga.

Então ela ergueu a bunda para dar a ele melhor acesso e aguardou ansiosamente a próxima virada dos eventos.

O Sr. Sanchez enrolou sua minissaia, expondo sua bunda rechonchuda de aparência inocente, e começou a massagear e massagear as orbes latejantes como um padeiro habilidoso.

Ele não pôde deixar de apertar e apertar a pele lisa e escura como um maníaco, e gostou especialmente do modo como ela se projetava entre os nós dos dedos, quando a estava "esmagando" deliberadamente, usando os dedos como alicate.

Além disso, ela realmente gostava de separar suas montanhas carnudas de sua bunda tanto quanto podia, forçando a corda de cetim a desaparecer em seus buracos, enquanto ela inspirava profundamente.

Ao mesmo tempo, o cheiro forte de suor se misturava aos sucos sexuais que seu corpo difundia amplamente por toda parte.

Depois de encher a bunda gorda de Julieta com numerosas marcas vermelhas (não se distinguiam facilmente em sua pele morena) de impressões digitais, o senhor Sánchez pegou o jornal enrolado com a mão direita e imediatamente deu um leve golpe.

Juliet se contorceu e soltou um gemido longo e lamurioso, especialmente projetado para derreter o maior iceberg do mundo em uma fração de segundo.

O Sr. Sánchez não precisava ouvir mais.

Ele começou a bater em suas nádegas quase nuas com o jornal enrolado, como se estivesse frenético, desferindo golpe após golpe com incrível precisão, mas tomando cuidado para não machucá-la muito.

Com o corpo todo para cima, apoiado apenas nas coxas do senhor Sánchez, Julieta 'choramingava' e 'chutava' como uma menina, enquanto levantava e abaixava as panturrilhas, uma após a outra, como uma estrela de cinema pornô .

Julieta: "Aouchhh! Padrinho! Você é tão ruim! Minha bunda está pegando fogo! ... Ai! Pare de machucar minha bundinha! Por favor padrinho ... Eu farei o que você quiser ... "

Sr. Sánchez: "Sua bunda gorda precisa de uma punição severa, pequenino. Já lhe disse muitas vezes para não expor sua bunda seminua para mim. Você não sabe que estou excitado? O que sua mãe diria se ela estivesse aqui? Você está aqui? tentando seduzir seu velho padrinho? Que prostituta você é! "

Juliet: "Mmmmm ... Ai ... Padrinho! Como eu poderia seduzir meu velho padrinho? Eu sou apenas a garota do meu padrinho ... Eu notei o jeito que você olha para a minha bunda toda vez que me curvo. .. Eu só queria te dar uma visão perfeita da minha bunda ... Eu fiz isso só para você, padrinho ..."

Sr. Sánchez: "Eu estava tentando ler meu jornal ... Era a única coisa que eu tinha em mente, até você chegar ... Você me distraiu ..."

Juliet: "Oh padrinho! Eu não queria ... Mas ... eu sinto algo no meu estômago ... Algo está subindo sob meu estômago ... um grande caroço que está tentando perfurar meu umbigo ... O que aquele é padrinho?

Sr. Sánchez: "Conseguiu! Parabéns! Perdi completamente o autocontrole. Como vou ler meu jornal agora? Droga ..."

Julieta: "Ah, não se preocupe padrinho. Se você quiser eu posso cuidar do seu" probleminha ". Deixe-me compensar tudo o que eu te causei. Sei muito bem que sua" coisa "inchada está te incomodando. Eu poderia consertar na hora ... Por favor, padrinho, deixe-me tentar ... "

Sr. Sánchez: "Ummm ... Muito bem ... mas não conte pra sua mãe! Você promete!"

Juliet: "Eu não vou ... eu prometo ..."

Julieta se levantou e alegremente se posicionou entre as coxas abertas do senhor Sánchez.

Ele ficou de joelhos e se aninhou submissamente entre seus pés peludos.

O Sr. Sánchez usava seus óculos de míope e preguiçosamente os pegou e abriu seu jornal.

Julieta desamarrou o cinto e abriu totalmente seu manto, expondo seu pau duro como pedra e testículos enrugados.

Seu membro tinha aproximadamente dezesseis centímetros de comprimento, cinco de largura e era circuncidado.

A cabeça era rosa escuro e larga o suficiente para se parecer com o topo de algum tipo de cogumelo venenoso.

O galho estava ligeiramente inclinado para a esquerda, enquanto muitas listras malva estavam espalhadas ao longo de seu comprimento.

A grande veia sob seu pênis estava extremamente gorda e inchada e o pensamento da grande quantidade de sêmen que poderia carregar fez Juliet morder o lábio inferior em antecipação.

Julieta beijou delicadamente a grande cabeça de seu pênis e, como deveria mostrar algum respeito ao seu velho 'padrinho', colocou as mãos em suas panturrilhas.

Ela deslizou apenas a cabeça entre seus lábios apertados e começou a correr as mãos pelas panturrilhas.

Sua pequena língua começou a desenhar círculos ao redor do buraco rosa enquanto suas longas unhas vermelhas lentamente arranharam a pele de suas panturrilhas.

O jogo implacável da língua de Julieta em seu buraco sensível foi o tormento mais doce que Sánchez já experimentou: sua esposa mal tocou seu órgão rígido, muito menos o colocou em sua boca.

Só se forçando ao limite ele consegue suprimir o desejo irresistível de enfiar seu pênis profundamente em sua boca, em um único movimento brusco, enchendo sua garganta completamente e sufocando-a até que ela engasgasse.

Juliet estava chupando e mordiscando a cabeça como se estivesse saboreando um delicioso sorvete, enquanto simultaneamente sacudia a pele do membro para cima e para baixo com a mão direita e acariciava sua coxa direita com a outra.

O Sr. Sánchez não conseguiu evitar e começou a gemer, imaginando quanto tempo isso iria durar.

Ele queria que isso durasse para sempre, então tentou se concentrar na leitura da página do mercado de ações, não querendo disparar sua carga muito cedo.

Foi um esforço árduo e laborioso, pois Juliet começou a balançar a cabeça agressivamente, virando a cabeça para a esquerda e para a direita e engolindo mais e mais o comprimento de seu pênis.

De repente, ela deixou seu pau sair completamente de sua boca com um som de 'PLOP' e desceu para suas bolas.

Sua mão direita atingiu o órgão dela em sua barriga e sua língua começou a correr ao longo e ao redor das bolas peludas.

Sánchez deu as boas-vindas a essa pequena pausa porque estava prestes a rasgar seu jornal e encher a boca quente com seu precioso líquido pegajoso sem avisar.

Juliet estava em seu próprio mundo lambendo e chupando aquelas grandes bolas peludas e ela não se importava de engolir alguns fios de cabelo grisalho também.

Ele estava ansiosamente colocando bola após bola em sua boca, sugando tanto quanto podia como um aspirador de pó; Ele queria tanto devorar aqueles "ovos" moles que não se importaria se um deles realmente ficasse preso em sua garganta.

Depois de manchar aquelas orbes enrugadas com sua saliva, ela colocou a língua na base de seu pênis e lambeu seu caminho até sua cabeça.

Quando ele alcançou o topo, ele imediatamente engoliu a cabeça e começou a deslizar lentamente os lábios, tentando encaixar tudo na boca, se possível.

Os primeiros centímetros foram fáceis de manusear, mas depois a tarefa se tornou mais difícil.

Ele abriu bem a boca e então lenta, mas firmemente, ele começou a empurrá-la, apertando os centímetros extras dentro de sua garganta escorregadia.

Parecia que horas se passaram quando seus lábios alcançaram a base de seu pênis, mas na verdade foram apenas alguns minutos.

Ela engasgou ruidosamente e jogou a cabeça para trás, deixando o pau reluzente do Sr. Sanchez balançar da esquerda para a direita como um pêndulo de mármore.

Juliet respirou fundo e imediatamente agarrou seu pau e o empurrou de volta em sua boca como uma tigresa faminta.

Ela balançou a cabeça apressadamente sobre ele algumas vezes, e então, constantemente balançando a cabeça para a esquerda e para a direita, ele conseguiu mergulhar nela novamente.

Quando ele sentiu suas narinas se encherem de pelos pubianos, ele soube que tinha conseguido.

Ela celebrou sua vitória girando seus lábios apertados ao redor da base do pênis do Sr. Sanchez por algum tempo, até que ela engasgou.

O senhor Sánchez não se atreveu a tirar os olhos do papel e ver o que Julieta estava fazendo com ele, porque se a visse transando com ele com a boca certamente explodiria em uma gigantesca onda de sêmen, capaz de demolir todo o motel, a cidade mais próxima e só Deus sabia o que mais.

Sem ter noção da situação do senhor Sánchez, Julieta voltou às suas "funções" sem mais delongas.

Ela havia embalado suas bolas com a mão esquerda e ainda alimentava sua boca receptiva com o pau escorregadio do Sr. Sánchez, certificando-se de esfregar a cabeça no céu da boca também.

O Sr. Sánchez começou a se sentir incomodado e Julieta sentiu isso imediatamente.

Ele achava que o Sr. Sánchez não gostava particularmente desse tipo de tratamento, embora muitos homens morressem com isso, então ele decidiu esfregar a cabeça em um lugar muito mais macio da boca.

Obedientemente, ele inclinou a cabeça para a esquerda e guiou o órgão rígido em sua bochecha direita.

A volumosa cabeça do pênis do Sr. Sanchez imediatamente distorceu sua bochecha direita em um grau incrível.

Julieta ficou extremamente feliz ao ouvi-lo gemer como um animal ferido e continuou a foder com sua bochecha macia movendo a cabeça inclinada para cima e para baixo muito rápido.

Sr. Sánchez: "Maldito garota! Você vai me dar um ataque cardíaco ... Eu quero gozar! AGORA MESMO! Pare o que você está fazendo e me deixe correr ... Eu quero gozar mesmo que este seja o momento . A última coisa que farei ... Remova sua boca insaciável ... FAÇA AGORA! "

Julieta: "AH, SEÑOR SÁNCHEZ! Lamento, mas não posso deixar você fazer isso. Depois de todos os esforços que fiz até agora, acho que mereço mais do que isso. Ainda não 'comí' o seu tesouro!"

Sr. Sánchez: "Você está louco? Do que está falando? Pare de sussurrar e saia de cima de mim. O que você acha que tem feito todo esse tempo? Você está me comendo vivo! Agora vá embora, eu quero ir. Algo ruim vai acontecer comigo se eu não expelir minha semente agora! "

Juliet: "NÃO PODE! Você não sabe o que tenho reservado para você. Quando eu disse que não tinha 'comido' seu pau, estava falando sério! Literalmente! Lembre-se de que não tomei café da manhã, então estou com fome. Então me dê um segundo e você verá o que quero dizer ... "

Sr. Sánchez: "Doce Jesus! O que vai acontecer comigo? O que esta menina maluca está fazendo? Não me atrevo a pensar ..."

Julieta foi até a mesa onde havia deixado a bandeja e pegou duas fatias de pão.

Ele se ajoelhou diante do Sr. Sánchez e colocou seu pênis entre as fatias.

O Sr. Sánchez não conseguia acreditar no que estava vendo.

Essa pequena vagabunda iria devorar seu membro infeliz!

Ele tentou protestar, mas era tarde demais para isso.

Juliet já havia aprisionado seu pau entre as fatias e estava pronta para provar seu delicioso 'sanduíche'.

Ele chupou a ponta de seu pênis para relaxá-lo e então deu uma grande mordida em seu sanduíche, sem machucar a carne latejante do Sr. Sánchez.

Ela engoliu em seco e chupou a cabeça volumosa mais uma vez antes de dar outra mordida.

O Sr. Sánchez involuntariamente sacudiu as costas e enterrou mais de seu pênis em sua boca.

Ela chupou profundamente em sua garganta junto com algumas migalhas de pão que o Sr. Sánchez sentiu fazendo cócegas em sua pele sensível.

Julieta deixou sair da boca e começou a mordiscar e chupar a crosta macia das fatias que ainda cobriam a cabeça, quebrando-as completamente.

O Sr. Sánchez gemeu alto e se lançou para frente como se estivesse tentando alcançar o teto da sala apenas com a ponta de seu pênis.

Seu pênis começou a disparar por toda parte como uma metralhadora calibre cinquenta, extraindo suas últimas reservas de sêmen que não eram usadas há anos.

Juliet agarrou o martelo pneumático e o levou ao rosto.

Ele estava ciente do perigo de brincar com uma arma carregada incontrolável; afinal, ela havia trabalhado muito por sua "munição".

Um grande jato daquela 'pistola obsoleta' atingiu-a no olho esquerdo, outro saiu da ponte do nariz e um terceiro se perdeu atrás de sua cabeça.

Julieta achou que não era aconselhável desperdiçar 'munição' tão valiosa como aquela e imediatamente a apontou para a garganta dele, sacudindo o membro muito rapidamente e colocando as unhas compridas em seus testículos.

O Sr. Sánchez disparou mais alguns tiros diretamente em sua garganta e depois caiu na cadeira, totalmente exausto.

Juliet engoliu tudo e então, com óbvio prazer, ela pegou seu pau macio e esfregou suavemente sua testa, olhos, nariz, bochechas e queixo, enquanto o fluido seminal ainda pingava.

Em seguida, ele pegou os restos das fatias de pão e os usou para limpar o sêmen do rosto.

Ela também os usava para limpar e secar o pau do Sr. Sánchez.

Juliet agora poderia tomar seu café da manhã suado!

Ela comeu as fatias com extremo prazer e lambeu os dedos como um gatinho feliz.

De repente, ela viu migalhas de pão presas entre os pelos pubianos do Sr. Sánchez ...

Bem, que diabos! Sempre há uma segunda rodada!

FIM

27

BEM-VINDO SELVAGEM
ERIKA SANDERS

Susan estava deitada no sofá pensando em seu parceiro.

Ela o amava de todo o coração e seu sonho era que ele fizesse o que quisesse com as preliminares.

Lamber e chupar até que seu nível de êxtase valia a pena morrer.

Então foda-se com sexo mais poderoso que a criação.

Foi uma noite tão chata.

Susan estava deitada no sofá com seu sutiã de seda rosa e calcinha assistindo a um filme.

Mas Susan estava pensando em seu namorado, seu corpo bonito, olhos verdes e cabelos castanho escuro.

A língua de Susan espreitou de seus lábios enquanto pensava nele, a luxúria enchendo sua mente e corpo.

Só então, Susan ouviu a porta se abrir, ele finalmente estava aqui.

Animada e molhada, ela pulou e correu para a porta.

Lá estava ele, de calça jeans e camiseta branca.

Ela entrou no quarto percebendo os belos e pesados seios de Susan quando eles quase caíram do sutiã de emoção.

Agarrando-a pela cintura, ele puxou Susan para ele e a beijou profundamente.

"Estou tão fodidamente excitada", Susan sussurrou com sua boca quente e molhada. "Foda-me agora."

Não precisando de um segundo convite, ele empurrou Susan em direção à mesa da cozinha.

Ele tirou a camisa e apagou as luzes, escurecendo a sala.

Susan estava deitada na mesa, seus mamilos agora espreitando pelo sutiã branco e uma mancha molhada se formando na calcinha combinando.

Ele se aproximou dela, formando um caroço em seu jeans.

Ele se inclina sobre Susan beijando suavemente sua barriga, lambendo tudo.

Susan suspira de prazer e suas mãos agarram a cabeça dele para puxá-lo para mais perto.

Ele continuou a lamber e beijar sua barriga, ocasionalmente descendo para sua vagina, ainda coberta pela calcinha, para soprar ar quente sobre ela.

Ele agarra sua calcinha com os dentes, puxando-os para baixo em um movimento rápido.

Ele os joga sobre a mesa e cheira seus pubes.

Susan começa a gemer e respirar pesadamente.

Enterrando o rosto em sua boceta molhada, ele levanta a mão para remover o sutiã.

Os seios alegres de Susan derramam sobre suas mãos macias.

Ele gentilmente lambeu a fenda de Susan mais uma vez antes de se aproximar da geladeira.

Abrindo, ele pegou uma tigela de morangos. Ele pegou dois deles, colocando um na barriga de Susan e o outro entre os seios.

Ele lambeu o morango no umbigo dela, comendo mais tarde.

Ele continuou a lamber o corpo dela de baixo para cima e finalmente passou para o próximo morango.

Lambendo o decote de Susan, ele move o morango para cima e para baixo entre os seios dela.

Susan geme com a sensação incomum.

Ele continua a mover o morango para baixo e para baixo no corpo de Susan, até que ele alcança sua vagina empurrando o morango com a língua.

Susan ofegou e ele podia ver sua boceta se contorcer com o morango coberto em seus sucos.

Ele empurrou o morango mais fundo em sua vagina.

Ele a cobriu com a boca, chupando suavemente até o morango voltar à boca; agora coberto de sucos da vagina de Susan.

Bebendo o morango, ela comeu e mudou-se para colocar Susan de bruços.

Com a bunda no ar, ela acariciou.

Ele gentilmente deu um tapa na bunda de Susan, antes de mergulhar em sua bunda e lambê-la, deixando ventosas por toda sua bunda.

Perto havia um pote de mel, ele estendeu a mão e esfregou nos lábios de Susan.

Então ele enfiou a língua profundamente dentro dela, fazendo Susan gemer.

Ele chupou a língua profundamente em sua vagina.

Gemendo alto, Susan disse:

"Foda-me agora."

Ele tirou o jeans, seu pau prestes a explodir.

Agora nu, seu pau destaca-se grande e forte.

Ele agarrou Susan, passando as mãos sobre as coxas dela, colocando seu pênis apenas dentro de sua entrada.

Ele esfregou a cabeça contra a umidade dela; Gentilmente, ele abriu os lábios e deslizou gentilmente a cabeça de seu membro.

Um gemido escapou dos lábios de Susan quando ela sentiu a ponta do membro dele entrar nela.

Susan gemeu mais alto quando deslizou o resto de seu enorme pau duro em sua boceta.

Enquanto todo ele a enchia, ela apertou as paredes de sua boceta, trazendo um gemido agora dele.

Ele começou a bombear seu pau dentro e fora da boceta de Susan, dirigindo cada vez mais a cada golpe.

Ele continuou a bater na buceta dela, fazendo Susan gemer cada vez mais alto.

Agarrando suas coxas, ele bateu mais forte do que nunca, rosnando enquanto invadia o corpo de Susan com seu enorme pau.

Susan gritou:

"Isso é tão bom, baby, me foda mais."

Ele bateu seu pênis com mais força na boceta de Susan, sentindo o acúmulo de esperma na base de seu pênis.

Suas bolas atingiram a bunda de Susan com o movimento dele.

Susan soltou um longo gemido e começou a ter um orgasmo selvagem, sua boceta apertando seu pau, então ele começou a ter um orgasmo também.

O sêmen saiu de seu pênis, o primeiro esguicho entrando na boceta de Susan.

Mas ele se retirou, deixando o resto pulverizar seu corpo.

Assim que o orgasmo dela começou a diminuir, ele enfiou os dedos na boceta dela, bombeando-os rapidamente, enviando Susan ao orgasmo novamente.

Gemendo e movendo-se sobre a mesa, Susan o puxou para ela e o beijou profundamente.

Seu suor e sêmen se misturaram entre os dois corpos.

Depois de relaxar os dois, ele disse:

"É bom ser recebido assim".

.

FIM

35

TRAÍDA
ERIKA SANDERS

37

Capítulo I

Becky ouviu o som da chave na fechadura.

Ele desceu as escadas correndo, acendeu a luz do corredor e abriu a porta.

Jack estava lá na chuva, encapuzado sobre a cabeça, a chave parando na mão enquanto seus olhos escuros a encaravam.

"Oh meu Deus, você veio", disse Becky alegremente.

Ela pulou para frente e passou os braços em volta dos ombros dele, abraçando-o, sentindo a chuva que cobria seu casaco se infiltrar no topo de suas roupas apertadas.

Ela não se importou.

O homem dela estava aqui e isso era tudo o que importava.

Ela soltou Jack de um abraço efusivo e colocou as mãos ensopadas em seu rosto.

Sua expressão séria não mudou.

"O que há de errado?", Ela disse.

"Nós precisamos conversar."

Becky sentiu um frio no estômago, mas se afastou para deixar Jack entrar e tirar as botas molhadas.

Ela entrou na sala, esfregando os braços nervosamente, enquanto esperava Jack lhe dar as más notícias, quaisquer que fossem.

Em seguida, ele entrou na sala, ainda com uma expressão séria no rosto magro.

"Dê-nos uma bebida, por favor", disse ele.

Becky foi até o carrinho de bebidas e serviu dois conhaques.

Sua mão tremia quando ele estendeu um dos copos e bebeu a dela rapidamente.

Jack aproximou-se da cadeira com as meias um pouco úmidas.

A imagem que ele deu assim foi um pouco engraçada.

Ela teria rido se não fosse o momento tenso.

Ele se sentou na beira do assento, sem acomodar-se, sem tirar o casaco enquanto se preparava para dar as más notícias.

Ele tomou um grande gole de conhaque antes de falar.

"Ela sabe tudo sobre nós", disse ele depois de tomar o licor com um suspiro final.

Becky sentiu os joelhos enfraquecerem, o coração disparar.

Outro copo de conhaque foi derramado.

Ele caminhou até o sofá em frente a Jack e sentou-se.

"Quão?" Ele disse depois de outro gole do líquido quente.

"Disse-lhe."

Becky franziu o cenho.

"Você contou a ele? Por que diabos?"

"Eu não aguentava mais."

Becky se levantou.

Por favor me diga que está brincando comigo, Jack.

Ele balançou a cabeça negando.

"Por que você diria a sua esposa que a está traindo?"

Jack ergueu os olhos sob as sobrancelhas espessas que o faziam parecer um filhote de cachorro travesso.

"Eu não podia vê-la sendo indiferente e calma enquanto ela continuava escondendo nosso segredo sujo."

'Nosso segredo sujo, isso é tudo para ele ?, pensou Becky.

"Bem, o que ela disse?" Becky disse, fingindo que não tinha ouvido o último comentário enquanto caminhava de um lado da sala para o outro.

"Ela está disposta a nos dar outra chance. Se isso parar."

Becky parou de andar e olhou para o rosto de Jack.

"Nós? Você quer dizer que você e ela estão juntos depois de contar a ele?"

Jack assentiu.

"Você vai me deixar assim? Por que ela diz isso?"

"Ela é minha esposa."

"E o que eu era?"

"Você sabe o que é isso. Eu disse que nunca deixaria minha esposa. Isso sempre foi sexo entre você e eu."

Know Você sabe o que era isso. Passado. Já estava acabado em sua mente. Como ele pode fazer isso comigo? '

Apesar do fato de ele ter dito que nunca iria deixar Mary, Becky achou que poderia convencê-lo de que ela realmente era a mulher que ele precisava.

E não é assim?

Parecia que não.

Jack terminou a bebida e levantou-se para sair.

Becky se aproximou dele.

"Isso é tudo, então?" Ela disse, olhando para ele com raiva. "Você largaria assim e sairia?"

Jack suspirou enquanto a puxava para seguir pelo corredor.

"Becky, eu tenho filhos", disse ele, exasperado agora.

Oh não, ele não iria fugir disso facilmente.

Antes que tudo fosse elogios e mensagens zombeteiras e eróticas, com muitos beijos no final para me deliciar.

É isso que todo mundo faz, para conseguir o que quer.

Então, quando tiverem o suficiente, ficam na defensiva e tentam se livrar de você.

A verdadeira face de Jack agora foi mostrada.

Ela não era nada além de um pedaço de carne para ele, uma foda fácil.

Escumalha.

Uma prostituta.

Era assim que os homens sempre a tratavam. Jack não seria diferente.

"E daí? Muitas pessoas se divorciam hoje. As crianças superam isso. Eles ainda têm os dois pais", disse ela friamente.

"Eles são crianças, Becky", retrucou Jack. "Eles precisam de uma família. Segurança. Um pai que está sempre por perto. Ninguém que aparece algumas vezes por semana."

E eu que? ela pensou um pouco egoísta.

A mulher que não pode ter filhos.

A mulher que será sempre e sempre permanentemente estéril, incapaz de dar uma família a um homem.

O fenômeno.

O raro.

Aquele que só serve para se divertir, para foder.

Quem realmente a amaria?

"Eu irei à sua casa", ele ameaçou. "Vou contar a ela o que fizemos. Como você me levou para a floresta no seu carro e me fodeu no banco de trás. Onde os filhos dela se sentam todos os dias na viagem à escola. Como você me levou ao mesmo restaurante em que você a pediu em casamento Veja se ela muda de idéia então. "

Jack se virou na entrada, seus dedos deixando o capuz que estava prestes a levantar sobre a cabeça.

"Você não fará isso".

"Olhe para mim."

Becky viu, pela primeira vez, um olhar nos olhos de Jack que ela já vira em muitos homens antes.

Nojo.

O que eles tiveram entre eles, o que quer que tenha sido para ele, se foi.

Ela sabia que nunca iria recuperar isso.

Seu lábio superior se curvou quando ela puxou o capuz sobre a cabeça e se inclinou para pegar as botas.

Becky sentiu o calor desaparecendo de sua carne, a sensação fria de ser deixado para trás retornando.

Abandono.

Ela já sentiu isso muitas vezes antes.

"Você não pode simplesmente me deixar, Jack", ela implorou, sentindo o fluxo familiar de lágrimas brotando de seus olhos.

"Acabou", ele disse abruptamente, sua voz enrolada em raiva.

"Não faça isso comigo, Jack. Por favor!"

Ele amarrou o cadarço na bota e se endireitou, olhando-a debaixo do abrigo do capuz.

"Não chegue mais perto de mim ou da minha família. Se você vier, eu ligo para a polícia."

Ele levantou a mão e deixou cair a chave no chão.

A chave que ela lhe dera na esperança de que ele visse isso como seu verdadeiro lar, no qual ele acabaria morando permanentemente.

Foi a última facada em seu coração.

Ele puxou a porta e deu um passo rápido para o jardim.

Becky estava de pé no capacho, as bochechas brilhando com lágrimas à luz brilhante da sala de estar, observando sua figura alta atravessar a chuva.

Longe dela.

De volta à família dele.

Fora de sua vida para sempre.

Capítulo II

Becky olhou dentro do copo e sentiu a cabeça girar.

O uísque deixou um gosto amargo e amargo em sua língua.

Com os dedos trêmulos no copo, ela o pegou e jogou na parede da lareira.

Ele colidiu com o espelho, causando estilhaços de vidro e depois caiu em cascata no chão e carpete espesso.

Ela pulou do sofá e foi para o telefone.

Lágrimas brotaram em seus olhos quando ela pegou o fone de ouvido, mas ela disse que não iria mais chorar.

Ela mordeu o lábio, discando com determinação o número.

Depois de alguns momentos, uma voz masculina aguda respondeu.

"Olá?"

"Harry, aqui é Becky", disse ele, sufocando sua embriaguez com um bufo.

"Becky? Jesus, por que você está ligando agora? São duas da manhã."

"Desculpe. Eu só ... eu preciso estar com alguém."

"O quê? Agora?"

"Sim."

Ele ouviu um farfalhar do outro lado da linha, o farfalhar de sua garganta secar dos cigarros de Harry enquanto ele se movia pela cama.

"Você realmente está me acordando para foder no meio da manhã?"

Becky sentiu um nó no estômago com suas palavras.

E se ela realmente não precisasse de alguém para se satisfazer?

No entanto, Harry não se importava com isso.

Ele era apenas um homem típico, com apenas uma coisa em mente.

Ela parou a tentação de explodir.

"Por que não? É um momento tão bom quanto qualquer outro", disse ela, um pouco agitada.

"Eu tenho que estar acordado às seis."

"E daí? Você pode dormir amanhã à noite. E pelo menos vai trabalhar satisfeito ao invés de bocejar."

"Estou arrasado agora. A única maneira de evitar bocejar para o trabalho é mais algumas horas de sono e não de exercício".

Becky apertou os lábios em frustração e pegou seus cigarros que foram colocados ao lado do telefone.

Acendeu um e tomou uma longa e profunda chupada, depois esfregou a têmpora com o polegar enquanto soltava a fumaça espessa.

"Farei o que você quiser", disse ele, e a nicotina deu-lhe força suficiente para tentar seduzi-lo.

"O que?", Harry disse.

"Vou enfiar minha língua na sua bunda. Vou comer você como um homem come uma mulher."

Houve uma pausa e ele pôde sentir Harry pensando do outro lado.

Poucas mulheres estavam dispostas a comer a bunda de um homem e Harry tinha um ânus particularmente sensível, sua língua tinha a capacidade de fazer todo o seu corpo se curvar e gritar ao mesmo tempo.

No entanto, parecia que ele estava realmente cansado esta noite. Mesmo isso não foi suficiente para tentá-lo.

"Oh Becky. Você não poderia ter chamado uma hora melhor?

"Vou colocar minha trela. Vou te dar uma foda longa e difícil. É isso que você quer, Harry? Um. Longo. Difícil. Fodido."

Harry parecia nervoso e agitado quando respondeu.

Becky sabia que seu pênis estava duro como uma pedra debaixo das cobertas diante de sua coragem explícita e suja.

Mas não importava com o que ela tentasse tentá-lo, ele parecia não se mexer.

"Desculpe, Becky. Vou ter que passar. Que tal sexta à noite?

Becky viu o cinzeiro na mesa de café e apagou o cigarro.

"Você é como todos os homens, certo? Você acha que eu vou fugir quando você diz. Bem, você sabe Harry? Você pode se ferrar. Essa foi sua última chance e você estragou tudo".

"O que ... Becky?"

"Tchau Harry. Durma profundamente, se puder. Droga!"

Ele bateu o telefone no receptor.

Becky ficou sentada na cama por um momento, com o coração acelerado, o sangue fervendo, um milhão de pensamentos diferentes disputando precedência dentro de sua cabeça.

Como eles poderiam fazer isso com ele?

Uma e outra vez.

E por que ela continuou deixando-os fazer isso?

Cair na mesma velha armadilha repetidamente.

Ela sabia o que os psiquiatras diriam.

Você não se valoriza o suficiente.

Como ela pode esperar receber respeito quando ela nem se respeita?

Bem, isso é fácil para eles dizerem.

Eles querem saber como é se sentir uma prostituta que permite que os homens usem seu corpo como se fosse um pano sujo.

Uma mãe que ia transar com o namorado e deixou a filha sozinha em casa, com frio e com fome, sem ninguém que a quisesse.

Uma mulher que a convenceu durante anos de que seu pai não a amava.

Que ele os abandonou por causa dele.

Quando a verdade era verdadeira, ele ficou intimidado pela submissão a que estava sujeito e aterrorizado demais para voltar ao seu reinado de terror.

Becky enterrou o rosto nas mãos e deixou as lágrimas inundarem as palmas das mãos.

Você me deixou, papai.

Como você pode me deixar com aquela cadela psicopata?

Ela se sentou e se forçou a parar as lágrimas.

A tristeza se transformou em raiva como o toque de um botão.

O pai dela era um covarde.

Como todos os homens.

Eles andavam controlados pelas bolas que balançavam entre as pernas, mas não tinham coragem de usá-las.

Somente uma mulher poderia fazer isso.

A dor era demais.

Becky precisava de sexo.

Era a única coisa que a acalmava.

O sexo aliviaria a dor dentro dela.

Dor por não ser amada e por ser rejeitada, o que a fazia se sentir uma cadela suja e descartável.

Por alguns breves momentos, um beijo apaixonado, um desejo ardente de levá-la ao orgasmo, e ela se sentiria curada.

Tudo bem novamente.

Amado.

O único problema era que se tornara um vício.

E quando tudo terminasse, depois que os homens fossem embora e retornassem com suas esposas ou a próxima mulher disposta a abrir as pernas, aquele lugar escuro retornaria.

Até a próxima solução.

Becky não aguentou mais.

Já bastava.

Dessa vez alguém pagaria.

Capítulo III

A vingança é doce.

Ou é o que dizem.

Becky ponderou sobre isso enquanto escovava os longos cabelos negros no espelho da cômoda.

Ela estava nua, além de uma calcinha preta adornada com um pequeno laço vermelho.

Seus seios de quarenta e três anos eram tão firmes quanto os de uma mulher dez anos mais nova.

Foi um dos aspectos positivos de não poder ter filhos.

Manteve sua figura e seus esplêndidos encantos por mais tempo.

Quando as cerdas deslizaram pelo cabelo, ela experimentou uma calma que não sentia há anos.

Algo estava finalmente gerando dentro dela.

Você não será mais uma vítima.

Ela estava lutando.

Ela seria uma guerreira.

Ela selecionou um batom vermelho escuro da maquiagem e aplicou-o cuidadosamente nos lábios, adicionando um pouco de plenitude, dando um milímetro extra ao redor da borda.

A cor complementava seus cabelos escuros e pele oliva, dando-lhe uma aparência levemente mediterrânea que não poderia estar mais longe de sua herança britânica.

Ela tinha que admitir que parecia bem.

Ela pode ter uma voz um pouco rouca para tantos cigarros e uma infância de merda, para não mencionar a bebida, mas ela sabia como aparecer para fazer sexo.

Ela aprendeu essa habilidade com a mãe e, quando percebeu o quão duras eram as meninas do norte, também aprendeu a usá-la em seu proveito.

Garotas sexy tinham poder.

Eles podiam controlar os homens com seus corpos, seu perfume e um olhar provocante.

Quando Becky considerou, percebeu que era o que lhe permitira sobreviver por tantos anos.

Ele se levantou e caminhou até o espelho de corpo inteiro.

Inclinando a cabeça para o lado, ela segurou seus seios.

Ele fez beicinho com os lábios recém-pintados.

Sim, parecia bom o suficiente para comer algo apetitoso.

E para comer você também, ela pensou com uma risada sensual.

Na cama havia um vestido vermelho.

Curto.

Muito provocador.

Decote baixo para mostrar seus peitos.

Ela colocou os pés descalços nele e puxou-o pelo corpo.

Olhando no espelho, ela se virou e abotoou-o.

Ele admirava o tecido sedoso, enrugado nos quadris, acentuando sua forma típica de ampulheta.

Ao lado da porta havia uma fileira de sapatos de salto alto.

Becky se aproximou e colocou os pés em um par vermelho.

A cor da noite era escarlate.

Vermelho por sangue e assassinato.

Capítulo IV

O motorista do táxi parou do lado de fora do clube.

Becky notou que havia dois gorilas nas portas.

Ele pagou o taxista e saiu para a rua iluminada pela luz da rua, o ar suave tocando seus ombros nus enquanto a música do clube batia sob seus pés.

Ela fechou a porta do táxi e caminhou até a entrada, colocando a alça de sua pequena bolsa vermelha no ombro.

O Meeting Place era um clube de cavalheiros modernos que surgira na cidade alguns anos atrás.

Homens de todas as idades foram lá em suas últimas roupas, embebidos em frascos de loção pós-barba, tentando atrair as garotas do norte que chegavam ao seu cheiro como cadelas no cio.

Becky não foi exceção.

Mas hoje à noite ela estava decidida a um homem em particular.

O local era uma colméia de atividades, ocupada por uma noite no meio da semana.

Um cantor estava se apresentando no palco de um lado da sala e o bar do outro lado estava cheio dos caras mais velhos curvados sobre copos de cerveja.

Homens e mulheres estavam sentados em uma grande área cheia de mesas no centro da sala, conversando e olhando para o palco.

Becky foi ao bar e chamou um jovem e bonito garçom com o corte de cabelo de uma viúva.

"Ricky está aqui hoje à noite?", Perguntou ela.

O garçom assentiu. "Atrás."

Becky sorriu e se afastou do balcão, notando que os olhos dos homens mais velhos haviam se mudado de suas bebidas para ela.

Ele se certificou de que eles tivessem uma boa visão de sua bunda quando ele desapareceu por um corredor que levava aos escritórios nos fundos.

Ricky Morris era o proprietário de cinco boates na área de Maine.

Ele ganhou seu dinheiro com acordos não confiáveis na década de 1990 e abriu a cadeia de clubes masculinos que foi um sucesso instantâneo com garotos brincalhões do Norte.

Ele também era conhecido por trabalhar com strippers e prostitutas, fornecendo-lhes clientes e reduzindo seus lucros.

Becky o conheceu há dois anos no lançamento do Meeting Place.

De todas as mulheres atraentes e garotas bonitas que estavam lá naquela noite, era com ela que ele se aproximara.

Talvez ele reconhecesse algo de si nela, um traço masculino que agradava sua natureza ambiciosa e empreendedora.

Uma mulher que não se curvava ou se lisonjeava por seu dinheiro e boa aparência.

Uma mulher que jogaria duro para conseguir o que queria.

Becky bateu na porta, mas não esperou uma resposta.

Ao entrar no quarto, ele viu um lampejo de carne e sentiu o cheiro inconfundível de sexo.

Uma mulher na casa dos vinte estava deitada na mesa, os seios nus expostos através de um vestido que ainda estava enrolado na cintura.

Ricky estava transando com ela de uma posição ereta, calça preta ao redor dos tornozelos, suor brilhando na cabeça raspada.

Ele virou a cabeça com a interrupção.

"Porra." Ele se afastou da mulher e Becky viu seu pau grande, inchado de emoção, escorregadio com o suco da mulher.

Quando ele viu quem havia entrado na sala, suspirou, inclinou-se e puxou as calças.

A mulher na mesa cobriu os seios, tentando esconder seu constrangimento com uma risada sensual.

Vadiazinha, Becky pensou, entrando sem vergonha no escritório.

Ricky estava prendendo o cinto de couro na cintura quando balançou a cabeça para a garota sair.

Ainda cobrindo os seios, ela escorregou timidamente da mesa, pegou os sapatos de salto alto e saiu na ponta dos pés da sala.

Ricky deu a volta na mesa, olhando para Becky, o rosto corado.

Ele pegou um lenço no bolso da camisa, limpou a testa e enfiou a mão na gaveta para pegar uma cigarreira de prata.

"A que devo o prazer?", Ele disse, abrindo a caixa e pegando um cigarro colorido.

Ele ofereceu um para Becky.

Ela manteve os olhos nele quando ele caminhou até a mesa e pegou um dos cigarros.

Foi escarlate.

"Verificando a qualidade da mercadoria de novo?" Ele disse, colocando o cigarro vermelho entre os lábios.

Ricky estreitou os olhos azuis afiados quando acendeu o cigarro e depois segurou o isqueiro para acender o de Becky.

"Qual é o seu ponto de me interromper, entrando aqui sem aviso?"

Becky tragou um pouco do cigarro aceso.

Ela soprou a fumaça que se arrastava em direção ao teto em um fio fino.

"Vejo que você está ocupado ultimamente."

Ela olhou para a mesa com um sorriso.

As pegadas de suor onde estavam as nádegas da mulher ainda estavam presentes na superfície do vidro.

Ricky sentou-se pesadamente.

Becky quase podia ouvir seu coração disparar, sangue ainda bombeando seu corpo pela sessão de sexo interrompida.

Ele a estudou curiosamente.

"Já terminou?"

Becky balançou a cabeça.

"E daí? Percebo algo diferente em você."

Becky jogou os cabelos para trás e olhou para o grande aquário brilhando atrás da cabeça de Ricky.

Peixe grande em um lago muito pequeno, ele pensou ironicamente.

Ele podia ter dinheiro e poder sobre as mulheres, mas sentado em sua cadeira sem ter idéia do que estava prestes a acontecer, ele era tão fraco e patético quanto qualquer outro homem.

"Acho que deve ser o clima do mês", disse ele secamente.

Ele tirou a bolsa do ombro e a colocou cuidadosamente na superfície de vidro sobre a mesa.

Ricky observou seus movimentos com interesse.

Ele deu a volta na mesa e apoiou as nádegas na borda dura.

Ricky girou a cadeira, recostou-se e a estudou.

"Você está ansioso por isso", disse ele com cuidado.

"Quando não vou?", Ela respondeu.

Ricky sorriu.

Ele amava isso nela.

Aquele apetite ousado e disposto ao sexo.

Especialmente de uma mulher.

Isso o deixou duro em segundos. Becky esperou para ver seu pênis voltar a despertar enquanto movia o corpo para revelar seus seios.

"Você é uma prostituta", disse Ricky. "Nada te impede, não é? Nem mesmo segundos descuidados em uma putinha.

"Ela era apenas o aperitivo. Eu sou o prato principal. O sexo real."

Becky puxou o vestido pela coxa e passou os dedos entre as pernas.

Ela havia tirado a calcinha antes de sair de casa, para ter acesso fácil aos lábios nus entre as pernas.

Ele olhou para Ricky e deu outra tragada no cigarro.

A protuberância que continuava crescendo em suas calças lhe disse que ele planejava estar dentro dela em segundos.

Sua boceta umedeceu com o pensamento, intensificada pelo conhecimento de que desta vez a satisfação seria mais doce do que qualquer outra.

Ela colocou as mãos na superfície de vidro, deixando traços pegajosos de sua vagina almiscarada, e manobrou para se posicionar diretamente na frente de Ricky.

Ela colocou os dois calcanhares nos braços da cadeira, abrindo as pernas para dar uma visão completa do que havia entre as pernas.

Excitação brilhou nos olhos de Ricky quando ele olhou para baixo e viu o doce escondido sob o vestidinho vermelho.

"O que eu devo fazer com isso?" Ele disse ironicamente, erguendo a sobrancelha.

Com os cotovelos na mesa, Becky ainda conseguiu fumar enquanto respondia com um sorriso sensual.

Sem palavras.

Ricky apagou o próprio cigarro, esmagando-o descaradamente no copo.

Ela respirou pelas narinas, talvez para ter um gostinho perfumado do que estava por vir, encharcando os dedos longos na frente dos belos lábios.

"Eu vou comê-lo até sua boceta pingar na minha boca."

Becky formigou em sua vulva enquanto apertava seus músculos.

Ela sempre amou um garoto que gostava de comer buceta.

Ricky ficou feliz em saturar o rosto no suco, fazendo coisas com a língua que o mandariam para outro lugar.

Seria o caminho mais humano a seguir, ele pensou.

Medo eufórico.

Suas mãos grandes tocaram seus joelhos e espalharam suas pernas ainda mais.

Becky olhou para ele com um fascínio sombrio, avaliando a emoção em seus olhos de aço.

Ele lambeu os lábios de brincadeira.

Becky sorriu conscientemente.

Então, antes que ela pudesse fazer qualquer outra coisa, a cabeça dele estava entre as pernas dela e sua língua quente e molhada estava entrando dentro dela.

A cabeça de Becky caiu para trás quando ela ofegou de prazer.

"Ah Merda."

Ricky balançou a cabeça vorazmente, lambendo sua carne pegajosa.

Coma, prove, respire seu perfume almiscarado.

"Delicioso", Becky o ouviu dizer com seu profundo sotaque de Vermont.

Nem remotamente ele iria saborear algo tão delicioso quanto a doce vingança dela, ele pensou.

Ricky abriu o zíper da calça e puxou o pênis, empurrando-o com movimentos rápidos e duros do pulso.

Becky se perguntou brevemente se ele preferia sua boceta à que ele estava fodendo minutos antes.

Então ela decidiu que não se importava mais.

Todos os homens eram iguais.

Idiotas que abusam de prostitutas e chupam xoxotas. Mesmo se eles tivessem a capacidade de enviar você a lugares que você nunca soube que existiam.

A língua de Ricky era divina!

Becky olhou para baixo e viu o couro cabeludo redondo e brilhante subindo e descendo.

Esse foi o momento dele.

Respirando fundo, ela parou por um momento, depois juntou as coxas em um movimento rápido, fechando o pescoço de Ricky entre as pernas.

Ele engasgou e tentou se afastar, mas sem sucesso.

Becky enfiou a mão na bolsa vermelha e tirou uma faca.

Ela agarrou o punho com as duas mãos e o ergueu sobre a cabeça de Ricky.

Ele continuou balbuciando, agarrando suas coxas para abri-las.

Mas ela não conseguiu.

Ela não podia deixar cair a faca na cabeça.

Agora que o momento estava aqui, não parecia mais uma fantasia.

Parecia um pesadelo.

Ela não era uma assassina.

Ela não poderia se tornar algo que não era.

Eles a mataram por dentro e ela os desprezou por isso, mas matar a sangue frio a fez outra coisa.

Isso a fez menos do que eles.

Becky soltou a pressão de suas coxas na cabeça de Ricky.

Ele saiu da armadilha, ofegando e esfregando o pescoço.

"Cadela louca, puta", ele gritou. "O que está jogando?"

Becky já havia escondido a arma na bolsa antes de Ricky cuspir sua raiva.

"Eu pensei que você gostaria de tentar algo um pouco duro", ela ofegou, fazendo o possível para esconder o medo em sua voz.

Ricky abriu as pernas e se levantou.

"Eu não conseguia respirar!"

Becky mexeu no vestido e saiu da mesa de vidro.

Enquanto se levantava, ele notou a expressão de dúvida nos olhos de Ricky.

"Oh, vamos lá", disse ela. "Foi divertido."

Ele conseguiu manter um sorriso enquanto seu coração batia freneticamente dentro do peito.

Ricky não disse nada, procurando em seus olhos algum tipo de engano.

Ele seria o único que teria sangue nas mãos se soubesse que ela tinha planejado matá-lo.

Becky foi até ele e se inclinou perto do rosto dele.

Ela beijou sua bochecha corada, deixando seu lábio escarlate estampado em sua pele.

"Já tive o suficiente por hoje. Ficarei melhor", disse ela.

Ela pegou sua bolsa da mesa e caminhou até a porta.

Ela podia sentir os olhos de Ricky fixos nela.

Penetrante.

Acusatório.

"Espere", ele disse.

Becky parou.

O coração dela congelou.

Lentamente, ele se virou.

O contorno escuro de Ricky estava delimitado pelo brilho da água do aquário enquanto ele esperava que ele falasse.

"Você vai querer seu dinheiro", disse ele.

Becky franziu o cenho.

"Que dinheiro?"

"Eu sempre pago minhas garotas favoritas."

Becky estudou os olhos dela.

O que ele estava fazendo?

"Você nunca teve antes."

"Já era hora de eu fazer isso."

Ele pegou um talão de cheques da mesa.

Ele tirou uma caneta do bolso da camisa e rabiscou algo nela.

Quando ela segurou a Becky, ela sentiu o pescoço coçar.

Ricky deu-lhe o cheque.

Becky pegou e olhou a quantia.

Quarenta mil dólares.

Ela empalideceu e olhou para Ricky, incrédula.

"Por serviços devidos", disse ele.

Becky olhou de volta para a figura forte.

Quarenta mil dólares.

Ele pagaria sua hipoteca.

Ela poderia comprar um carro novo.

Flutuar para fora.

Compre roupas novas.

Sapatos de grife.

Ricky não estava sorrindo enquanto a observava estudar o cheque.

O olhar que ela deu a ele era de preocupação.

Becky olhou nervosamente em seus olhos azuis de aço.

Ele sabia que ela tentara matá-lo.

Ele estava pagando por isso.

Pegue o dinheiro, me deixe em paz, não venha.

Ela não queria decepcioná-lo.

Ele conseguiu sorrir e depois se virou para sair da sala, a mão tremendo ainda segurando sua nova fortuna.

FIM

61

MELHOR UM TRIO 1
ERIKA SANDERS

63

Nós três nos enrolamos no sofá assistindo a um filme brega da HBO.

Eu estava no meio, encostado no meu namorado, Peter, e seu melhor amigo, Ricky, que estava encostado no outro lado do sofá.

Peter virou a cabeça em nossa direção e fez um comentário de que não se importaria de fazer o que havíamos conversado antes.

Eu olhei para a televisão e vi uma mulher fugir com dois homens.

Ricky se mexeu um pouco no sofá.

"Sim, parece que poderia ser divertido." Eu disse apenas olhando para a tela e ri.

A próxima coisa que eu soube foi que Peter começou a passar as mãos pelos meus lados e pegou a parte de baixo da minha camisa, puxando-a.

Ricky se aproximou um pouco e começou a esfregar minha perna enquanto me olhava nos olhos.

Senti meu corpo inteiro pular sem se mover.

Peter me sentou e tirou minha camisa, meus seios descansando no meu sutiã de renda preta, meus mamilos duros e empurrando contra o tecido.

Então ela pressionou seu corpo contra o meu, passando os braços em volta das minhas costas e com um movimento do pulso meus seios estavam soltos.

Peter começou a chupar meus peitos quando Ricky deslizou as mãos em direção ao botão do meu short.

Senti-me molhar quando Ricky desabotoou meu short, puxou-o em direção aos meus quadris e pernas.

Para sua surpresa, ela não estava usando calcinha.

Ricky lambeu os lábios e aproximou o rosto da minha boceta molhada.

Ofeguei quando senti sua língua penetrar nos meus lábios e acariciar meu clitóris, fazendo Peter chupar meus mamilos com mais força.

Deslizei as mãos sobre as calças e comecei a trabalhar para tirá-las.

Eu abro minhas pernas ainda mais para dar a Ricky um acesso mais fácil.

Meu coração começou a acelerar quando o que estava acontecendo começou a se estabelecer na minha cabeça.

Enquanto Ricky lambia com fome a minha boceta molhada e encharcada, ele tirou a calça e relutantemente se retirou para remover a camisa sobre a cabeça.

Então Ricky começou a puxar meus quadris, puxando minha bunda para a beira do sofá, ele se levantou e eu vi seu pau duro e latejante antes de pressioná-lo contra meus lábios, esfregando o comprimento do meu clitóris inchado.

Quando Peter se levantou, ele tirou a camisa e a jogou para o lado.

Então ele subiu no sofá, seu pau a centímetros do meu rosto, um dela correndo sobre as minhas pernas.

Eu gemi quando Ricky empurrou seu pau na minha boceta, me enchendo completamente.

Eu instintivamente apertei com força seu membro.

Eu enfiei minha língua e acariciei a ponta do grande pênis de Peter com ela, inclinei minha cabeça para a frente e envolvi meus lábios ao redor da cabeça inchada.

Peter encostou uma mão na parede e correu os dedos da outra no meu cabelo, gentilmente guiando minha cabeça enquanto eu chupava seu pau.

Ricky passou as mãos para cima e para baixo dos meus lados e agarrou meus quadris, me segurando ainda enquanto ele me fodia.

Meus gemidos foram perdidos nos dele.

Comecei a balançar meus quadris contra Ricky, afundando seu pau latejante mais fundo na minha boceta molhada e apertada.

Comecei a traçar o interior da coxa de Peter, levei minha mão às bolas cheias de esperma e comecei a massageá-las suavemente, deixando-as rolar na minha mãozinha.

Eu gemi novamente, minha boca completamente cheia com o pau de Peter.

Eu podia sentir a cabeça do seu pênis tocar a parte de trás da minha garganta, o gosto do líquido pré-seminal na minha língua.

Peter se inclinou para trás, seu pau ainda latejando pela minha sucção dura, ele saiu do sofá, pegando minha mão na dele.

Sentei-me e Ricky puxou seu pau para fora da minha boceta excitada.

Peter me levou para o quarto, sentou na cama, agarrou meus quadris finos e me virou.

Ricky ficou na minha frente, acariciando seu pau duro enquanto Peter separava minhas nádegas.

Ricky então agarrou meus quadris e me ajudou a equilibrar enquanto eu ajudava a colocar o pênis de Peter na frente do meu pequeno e apertado buraco.

Meus joelhos pressionaram contra meus seios quando senti o pênis molhado de Peter pressionar contra minha bunda apertada.

Eu gemi quando seu pau lentamente penetrou na minha bunda.

Ricky empurrou minha parte superior do corpo para trás e deslizou seu pau de volta na minha boceta.

Recostando-me, meus braços me apoiando, minha bunda e minha boceta cheia de pau, eu gemi alto e mordi meu lábio inferior.

A dor e o prazer da dupla penetração eram quase demais para lidar.

Peter deslizou seu pênis de 15 cm profundamente na minha bunda, preenchendo-o completamente, e então ele começou a mover seus quadris.

Suas mãos em volta do meu peito massageando meus seios.

Ricky bombeava furiosamente em minha boceta quente e molhada.

Sua respiração ficou difícil e as mãos nos meus quadris me seguraram no lugar.

Apertei com força em torno de seus dois galos, sentindo meu próprio clímax começar a crescer.

O pênis de Peter inchou dentro da minha bunda quando eu apertei e ele começou a me foder mais rápido, gemendo ao fazê-lo.

Ricky fechou os olhos e começou a sentir aquele calor familiar em seu pênis enquanto ele constantemente bombeava em minha boceta.

Eu estava gemendo com quase cada respiração, querendo senti-las explodir dentro de mim.

Apertei mais forte.

O corpo de Peter começou a tremer embaixo de mim quando seu pau explodiu enchendo minha bunda com seu esperma grosso.

Seus gemidos se misturaram com Ricky e o meu.

Ele passou os braços em volta do meu peito com força quando seu clímax chegou, esguichando seu pau dentro e fora da minha bunda apertada.

Quando Peter apareceu na minha bunda, senti meu clímax começar a tensionar meu corpo e minha boceta apertou em torno do pênis cheio de esperma de Ricky.

Comecei a mover meus quadris ao ritmo dos movimentos de Ricky, querendo correr em torno de seu pau.

Joguei minha cabeça para trás e gemia tanto que quase gritei quando cheguei ao clímax, com um pau em cada buraco.

Ricky não podia mais se conter, ele soltou a dele e encheu minha buceta com jatos de seu esperma.

Nós dois tremendo, nossos golpes diminuíram e nossos gemidos suavizaram, diminuindo nosso clímax.

Ricky se inclinou para frente, me beijou suavemente e sorriu quando ele puxou seu pau para fora da minha boceta e me ajudou a levantar da cama.

Peter levantou-se rapidamente, ficou atrás de mim, passou os braços em volta da minha cintura e beijou minha bochecha.

Ele disse com uma risada:

"Sim, foi divertido, na verdade ..."

FIM